기획의 말

그리운 마음일 때 'I Miss You'라고 하는 것은 '내게서 당신이 빠져 있기(miss) 때문에 나는 충분한 존재가 될 수 없다'는 뜻이라는 게 소설가 쓰시마 유코의 아름다운 해석이다. 현재의 세계에는 틀림없이 결여가 있어서 우리는 언제나 무언가를 그리워한다. 한때 우리를 벅차게 했으나 이제는 읽을 수 없게 된 옛날의 시집을 되살리는 작업 또한 그 그리움의 일이다. 어떤 시집이 빠져 있는 한, 우리의 시는 충분해질 수 없다.

더 나아가 옛 시집을 복간하는 일은 한국 시문학사의 역동성이 드러나는 장을 여는 일이 될 수도 있다. 하나의 새로운 예술작품이 창조될 때 일어나는 일은 과거에 있었던 모든 예술작품에도 동시에 일어난다는 것이 시인 엘리엇의 오래된 말이다. 과거가 이룩해놓은 질서는 현재의 성취에 영향받아 다시 배치된다는 것이다. 우리는 현재의 빛에 의지해 어떤 과거를 선택할 것인가. 그렇게 시사(詩史)는 되돌아보며 전진한다.

이 일들을 문학동네는 이미 한 적이 있다. 1996년 11월 황동규, 마종기, 강은교의 청년기 시집들을 복간하며 '포에지 2000' 시리즈가 시작됐다. "생이 덧없고 힘겨울 때 이따금 가슴으로 암송했던 시들, 이미 절판되어 오래된 명성으로만 만날 수 있었던 시들, 동시대를 대표하는 시인들의 젊은 날의 아름다운 연가(戀歌)가 여기 되살아납니다." 당시로서는 드물고 귀했던 그 일을 우리는 이제 다시 시작해보려 한다.

기획의 말

그리움 마음일 때 'I Miss You'라고 하는 것은 '내게서 당신이 빠져 있기(miss) 때문에 나는 충분한 존재가 될 수 없다'는 뜻이라는 게 소설가 쓰시마 유코의 아름다운 해석이다. 현세의 세계에는 틀림없이 결여가 있어서 우리는 언제나 무언가를 그리워한다. 한때 우리를 매혹케 했으나 이제는 읽을 수 없게 된 옛날의 시집을 되살리는 작업 또한 그 그리움의 일이다. 어떤 시집이 빠져 있는 한, 우리의 시는 충분해질 수 없다.

더 나아가 옛 시집을 복간하는 일은 한국 시문학사의 역동성이 드러나는 장을 여는 일이 될 수도 있다. 하나의 새로운 예술작품이 창조될 때 일어나는 일은 과거에 있었던 모든 예술작품에도 동시에 일어난다는 것이 시인 엘리엇의 오래된 말이다. 과거가 이룩해놓은 질서는 현재의 성취에 영향받아 다시 배치된다는 것이다. 우리는 현재의 빛에 의지해 어떤 과거를 선택할 것인가. 그렇게 시사(詩史)는 되돌아보며 전진한다.

이 일들을 문학동네는 이미 한 적이 있다. 1996년 11월 황동규, 마종기, 강은교의 첫 시집들을 복간하며 '포에지 2000' 시리즈가 시작됐다. "생이 덧없고 허기질 때 이따금 가슴으로 암송했던 시들, 이미 절판되어 오래된 명성으로만 만날 수 있었던 시들, 동시대를 대표하는 시인들의 젊은 날의 아름다운 연가(戀歌)가 여기 되살아납니다." 당시로서는 드물고 귀했던 그 일을 우리는 이제 다시 시작해보려 한다.

장미라는 이름의 돌멩이를 가지고 있다

문학동네포에지 091

장미라는 이름의 돌멩이를 가지고 있다

1판 1쇄 발행 2000년 3월 30일
1판 2쇄 발행 2000년 6월 2일
2판 1쇄 발행 2024년 10월 24일

지은이—정영선
책임편집—김민정
편집—유성원 김동휘 권현승 유정서
표지 디자인—이기준 박현민
본문 디자인—박현민
저작권—박지영 형소진 최은진 오서영
마케팅—정민호 박치우 한민아 이민경 박진희 황승현
브랜딩—함유지 함근아 박민재 김희숙 이송이 박다솔 조다현 정승민 배진성
제작—강신은 김동욱 이순호
제작처—영신사

펴낸곳—(주)문학동네
펴낸이—김소영
출판등록—1993년 10월 22일 제2003-000045호
주소—10881 경기도 파주시 회동길 210
전자우편—editor@munhak.com
대표전화—031-955-8888 / 팩스—031-955-8855
문의전화—031-955-2689(마케팅), 031-955-8865(편집)
문학동네카페—cafe.naver.com/mhdn
인스타그램—@munhakdongne / 트위터—@munhakdongne
북클럽문학동네—bookclubmunhak.com

ISBN 979-11-416-0143-0 03810

www.munhak.com

문학동네

문학동네포에지 091

정영선 시집

장미라는
이름의
돌멩이를
가지고
있다

시인의 말

세월의 이끼가 덕지덕지 낀, 제 마음대로 굴러가는 돌이기만 한 나를 시의 날카로운 끌과 정으로 요리조리 뜯어가며 불순물을 쪼아낸다. 회한의 결을 따라 웅크린 쓴 뿌리들을 깎아내고, 파내고, 덜어내면 거기 깊숙한 곳에 숨어 있는 뜨거운 눈물, 혹은 수줍은 사랑과 맞닥뜨리지 않을까. 미켈란젤로가 대리석 덩어리에서 순백의 피에타를 꺼내듯이 예기치 못한 형상을 불현듯 만나게 되지 않을까.

그 최후의 형상은 하나님의 몫으로 돌려질 것이며, 이 시집은 시간을 인내하고 계시는 늙으신 어머님께 바친다.

2000년 봄
정영선

개정판 시인의 말

사랑은 많은 것을 함의하고 있다
겸손이 내포되어 있고
관계의 따뜻함, 진실함이나 신실함,
전진하는 열정 등이 내재되어 있다
용서의 푸른 유리 조각까지 포함된
사랑은 모자이크 같은 언어다

이십여 년 전의 시들을 읽는 건 감동이다
사물에 대한
사람에 대한
세계에 대한
사랑으로 가려는 지향선상에서
떨고 있음을 본다
그 의도들이 환하다

그때보다 멀리 와 있지 않은 지금이 아프다
사랑의 실현으로 가려는 발걸음은
나무늘보처럼 느려 슬프다

2024년 가을
정영선

차례

2부 달 아래의 삶

3부 멀리서 보면 보인다

1부 둥글어지는 사랑 속에서

장미라는 이름의 돌멩이를 가지고 있다

내 손안에 든 돌멩이 하나, 빤질빤질한 이마를 하고 있다. 깜깜하게 눈감고 있다. 나는 돌멩이에게 말 건다. 내 말들을 잡아먹고 묵묵하다. 침묵을 거느린다. 침묵이 거느리는 둘레는 무겁다. 둘레는 둘레의 그림자를 거느린다. 그 둘레 안에 나는 산다. 몸을 오므린다. 돌멩이가 꿈꾸는 꿈을 꾼다. 돌멩이가 피리 불고, 덩실덩실 춤추고, 노래하는 꿈을 꾼다. 오래 깨고 싶지 않아 몸을 더 오므린다. 장미라는 이름을 붙여준다. 아침마다 내 마음 울타리에 한 송이씩 속엣말을 빨갛게 토하는 덩굴장미. 울타리 가득 번지는 붉은 말들의 잔치 흥겹다. 나는 돌멩이를 버리고 싶어서 돌멩이를 꼬옥 쥐고 꿈꾼다.

가랑잎 사랑

이른 봄날 물푸레나무 밑에서 나는 편지가 되었지요 땅 가득 떠나지 않은 지난해의 물푸레 잎사귀들이 올해의 물푸레 잎사귀에게 자꾸 무언가를 전하고 싶다는군요 그냥 나무 아래 서 있기만 하면 된다고 했지요 발밑에서 버석거리는 소리들을 우편 배낭 같은 가슴으로 부쳐오면 소리들이 잠시 모였다가 제 주소로 어김없이 찾아가는 푸른 숨결로 타올랐지요 가슴, 어깨, 머리에 푸른 물이 드는 것 같았어요 귀 뒤에서 연두 잎들을 밀어내는 것 같았어요 발이 푹푹 빠지면서 그렇게 하염없이 서 있었지요 그런데 새순들이 입을 벌리고 연신 말을 받아 삼키고 있었어요 벙싯 벌어지고 있었지요 연두 잎들 하나하나가 꽃이었지요 하룻밤 새에 어린잎들이 초록으로 꽃피는 건 지난해의 잎사귀들이 들려주는 혼신의 말 때문이었지요

쪼그랑할멈의 가슴에서 나온 곰실곰실한 손주 같은 잎새들

무창포에서

까먹고 버린 무수한 굴 껍데기들을 밟으면서
네게로 간다
물렁하고 흐물거리는 것이 사는 집은 단단하다
여리디여린 마음 다치지 않게
짓밟혀도
치욕은 스며들지 않게 방어벽이 두껍다
겉모습은 거뭇해도 집 속은 박꽃이다
껍질 속에서 밥 먹고 껍질을 쓴 채 여자를 만나고
껍질 안에서 사랑을 하는 것들의
몸은 가버린
빈 껍데기의 쓸쓸함을 밟으면서
나는 네 속의 부드러움을 생각한다
딱딱한 얼굴 가죽 밖으로는 나오지 못한
네 몸속의 엷은 미소를 떠올린다
잇몸까지 왔지만 침묵이 된
네 생각 속의 수많은 말들을 어루만진다

잠자는 사과나무를 읽다

좌판 위의 한 사과는 꼭지를 아직 매달고 있다
만져보니 그 꼭지 단단하기가 돌 같다
사과의 배꼽으로 통하던 문
나무로 가는 출입구의 열쇠를 깊이 씨앗 속에 묻은 채 문을 잠갔다
저 문 안에서는
빙긋빙긋 저 혼자 한없이 사춘기의 연애에 빠질
꽃잎들이 자고 있으리라
바람을 불러 제 몸을 마구 흔드는 나무의 몸짓도
잠 속에서 고요하고
깜깜한 땅속에서 문을 따고
사과의 길을 걸을, 그래서 사과로 일어설
마지막 떨어지기까지, 혹은 따내어지기까지
무너지지 않고
사과 한 알의 아름다움을 반짝일
금빛 정신도 아득히 뒤치고 있으리라
사람들 살 속에 박힌 죄성의 씨앗 같은
사과의 상징을 쥐고 있는 후대의 사과들이
깊이 잠들어 있으리라
나무에서 따내어지던 순간
마지막 수액을 모아 입구의 문을 영원히 닫은 돌문 앞에서
나는 누군가의 잠을 지나온 나의 내력을 더듬는다

바다의 슬픔을 본다

마른 미역이 물에 잠기면 뻣뻣하게 굳은 몸을 푸는 것을 볼 수 있다 단단하게 잠근 마음을 헤쳐놓는 것을 볼 수 있다 바다 비린내를 풍기며 철썩이는 파도 자락이 허리춤에서 빠져나온다 갈피 속에 밴 갈매기 울음도 끼룩 소리를 낸다 모래알들로 지녀온 바다꿈을 떨어낸다 부엌은 바다로 넘실댄다 육지의 햇살이 풀어놓은 햇빛바다에 잠겨 졸음의 물살에 깊이 떠밀렸던 기억을 살려낸다 하얗게 소금을 내뱉으며 실어증에 빠진, 입혀주는 대로 바람을 껴입고 건어물전에 누웠던 설움을 한꺼번에 쏟아낸다 그 몸을 넘나들던 바다에의 기억이 수돗물 아래서 출렁인다 웅어리들을 해변으로 왕왕 몰고 와 패대기치던 기억 속의 바다를 만나는 걸까 무표정한 바람옷을 입고 세상을 견딘 미역처럼 나는 어떤 눈빛 속으로 침몰하지 않기 위해 때때로 스스로를 건조시킬 때가 있다 그때마다 나는 연민으로 출렁이는 바다, 푸르게 살아나는 바다이고 싶었다

절름발이 누각

내소사에서 만난 봉래루는 절름발이 누각이다 스물네 개의 대들보 기둥은 모두 길이가 달라 문수가 다른 스물네 개의 주춧돌 신발을 신고 있다 부족한 다리 길이만큼 밑창의 두께가 다른 돌신발을 수제화로 맞추어 신고 있다 백년을 신은 신발은 발을 편하게도 하지만 너무 헐겁지 않을까 그래서 밤이면 몰래 들르는 그에게 슬그머니 신발을 벗어주고 온 경내를 절뚝이며 돌다가 아침이면 감쪽같이 돌신발을 신는 건 아닐까 누군가의 뒤꼭지를 목표로 부지런히 따라가다 잠자리에 든 날이면 내 어느 쪽 다리 하나가 길어져 있다 그 밤에는 어김없이 와서 내 다리 길이를 맞춰주고 가는 이가 있다 저 누각에 맞는 돌신발을 신겨준 이도 그가 아닐까 누각은 한지 문을 모두 열고 세 마장쯤 아래 있는 늙은 느티나무를 그윽이 바라보고 있다

말들이 마음에 길을 낸다

징그럽다, 혹은 간지럽다라는 언어가 없는 나무의 나라. 그 나무 나라의 가지 위를 노래기 한 마리가 열심히 기어간다 천 개의 발을 첫발이 '고' 하면 다음 발이 '물' 받아 고물고물 기어간다 천번째의 발이 움직여 그 몸길이만큼 나간다 그 발밑의 나뭇가지는 간질간질, 근질근질해서 재채기라도 크게 할 법한데, 아무데고 북북 긁고 싶을 텐데 가렵다는 말이 없는 나무 나라에는 가려움이 없다

사람나라에는 막무가내 보자기 같은 '사랑'이란 말이 있어 솎아내도 자꾸 싹터오는 미움을 그대도 덮어가며 산다

반구대 암각화 앞에서 1

고래를 모는 소리가 우우 내 귀를 때린다
날을 세운 오후의 빛살이 마구잡이로 몰이꾼에게 내리꽂힌다
돌작살에 맞아 끓는 고래는 언제 초승달 배를 엎을지 모른다
거적때기를 쓰고 오체투지로 누운 여인은
작살에 맞은 귀신고래가 된다
그녀는 몸속에서 뻗대는 물비늘 번들거리는 고래를 향해,
울음을 뿜어내는 자신을 향해 또 한번 작살을 날린다
살려내야 할 그가 눈 속에서 떠오르며 가라앉는다
용틀임하는 몸을 길고 푸른 하늘 광목으로 싸맨다
죽음이 삶을 몰아간다
바다가 거꾸로 선다
지느러미로 가파르게 하늘을 치던 힘이 미끄러진다
때마침 다가오는 핏빛 노을이 그녀의 축 늘어진 몸을 덮는다
군데군데 등 푸른 바다는 잘려나간다
태화강은 붉은 상처를 닫고 다시 바다로 가는 먼길을 간다
화톳불 아래서
부르르 어깨를 떨며, 죽었던 여자
고래의 몸속 파도를 제 몸으로 덮은 여자는 깨어난다
눈동자에는 불이 어룽대며
여자는 남자 안에서 죽은 몸을 일으킨다

후드득 꽃이 피고 꽃이 진다
꿈속처럼 삼천 번의 봄이 내 안에서 문득 흘러갔다

반구대 암각화 앞에서 2

1

면새김한 돌판을 떨치고 선사의 여자, 맨드라미꽃 같은 여자 칠백 년 후쯤의 이웃 청동기를 건너 철기시대의 대장간으로 칼을 빌리러 간다 소문은 연어떼처럼 시간을 거슬러간다 맨발의 여자 발자국마다에 무딘 돌칼을 들어 질긴 고래의 심줄을 끊는 남자의 고달픔이 찍힌다 비어 있는 여자의 빗살무늬토기는 움막 속에 있어 보이지 않는다

2

청동기의 선새김 돌을 열고 한 남자 수풀 우거진 고샅길 간다 풀숲에는 새빨간 산딸기들이 줄을 지어 낮은 키로 남자를 끈다 여자 같은 산딸기를 한 움큼씩 삼키다가 시대의 경계를 훌쩍 넘는다 석기시대의 움집 근처에서 사슴 한 마리를 잡는다 시대 자오선을 건드린 걸까 갑자기 밤 깊어져 들쳐멘 짐승이 어깨를 내리누른다 어느 여자의 마음 앞에서 서성거리듯 여전히 서성거린다

3

꿈을 꾸던 원시의 한 남자가 사냥이 싫어, 사냥이 싫어 돌 그림 속으로 생을 옮기던 그날로부터 천오백 년 후쯤 문명한 신라인들이 돌나라로 질탕하게 봄놀이 온다 번다한 꽃구경을 잊고 돌판의 사랑에 황홀하게 취해 거기 이름자를 새기고 내세에 살 터를 금 긋는다

4

내가 돌나라에 들르니 배몰이꾼도, 사냥꾼도, 여자도, 왕도, 왕비도 가랑잎 한 잎만큼씩의 돌판 집 창을 열고 내다본다 돌 속의 사람들 모두 한자리에 불러 모시고서 들고 간 세례용 포도주 한 잔씩을 큰 잔으로 따라드린다 철쭉꽃처럼 붉게 물들 때 "안에서 바라보는 바깥세상의 가장 소중한 것은 무엇이니이까?" 하고 여쭌다 분명히 새겼건만 속세로 고개를 돌린 순간 아득하여라 나는 그 대답을 찾아 아직 헤맨다

동충하초(冬蟲夏草)

너는 내 속으로 날아든 포자
몇십 켤레의 신발을 닳으면서 내가 왔던 길들
새 신발로 갈아 신으며 가야 할 길들 모두
내 몸속으로 들어와 접히고 접혀
몸이 마침표가 된다
한 발짝도 나갈 수 없는 내 안에서
너는 시루떡 같은 포갠 길 사이에 없는 듯이 눈감는다
너를 연한 순으로 틔우기 위해
두 장의 나비 날개 떡잎으로 날아오르게 하기 위해
나는 내 살을 기름지게 찌운다
먼 기억처럼 가슴이 뻐근히 아파오면
깊이 모를 향기 같은 통증
조금씩 이동하는 너는 실뿌리를 내리는가
까맣게 송송 구멍이 뚫리는 심장, 혹은 심정
몸은 화분 속의 흙처럼
너를 다 받아내기에 부족하다
나밖에는 나를 돌보는 이 없다는 외로움의 인식으로 키워진
나의 살 어딘가를 뚫고 너는 나온다
내 몫의 빛다발을 부어준다
내 염통, 내 허파는 너의 자양분이 된다
주검을 담보로 피는 열망의 싹이여
내 정신을 그대로 화석으로 간직하며 그 위로 줄기를 뻗는 너여

내 삶을 이고 새로 길을 열어가는 너는

시인가 사랑인가
마침표 후 새로운 문장이 쉼표를 찍으며 이어진다

흙터 속에는 첫 두근거림이 있다

비 온 뒤 말갛게 씻긴 보도에서
한때는 껌이었던 것들이
검은 동그라미로 띄엄띄엄 길 끝까지 이어진 것을 본다
생애에서 수없이 맞닥뜨린, 그러나 삼킬 수 없어 뱉어버린
첫 만남의
첫 마음에서 단물이 빠진 추억들
첫 설렘이 시들해져버린 것들은 저런 모습으로
내 생의 길바닥에 봉합되어 있을지 모른다
점점으로 남겨진 검은 동그라미 하나씩을 들추면
가을 잎 같은 사람의 미소가 여직 거기 있을까
앞으로 나아가는 일이 너무 다급해서
차창의 풍경을 보내듯 흘려버린 상처들
비 맞으면 저리 깨끗하게 살아난다
씻기지 않은 것은 잊히지 않은 증거이다
어떤 흙터 속에 잠잠한 첫 두근거림 하나에 몸 대어
살아내느라 오래전에 놓아버린,
건드리기만 하면 모두 그쪽으로 물결치던
섬모의 떨림을 회복하고 싶다
단물의 비밀을 흘리던
이른봄 양지 담 밑에서 돋던 연두 풀잎의 환희를
내 온몸에서 뾰죽뾰죽 돋아나게 하고 싶다

땅끝에 서 있는 나무

그 나무는 가파른 길을 달려오다 삶을 거머잡듯 거기 뿌리를 내리고 있다 바다가 아래에서 끊임없이 땅을 부르고 나무를 부른다 답하듯이 바위들이 몸을 날려 굴러 내리려는 것을 나무는 억센 손으로 눈물겹게 만류한다 맑은 날이면 귀밑에다 풀어놓는 바다의 말들, 그럴 때면 그는 바위보다 먼저 몸을 날려 죽음과 놀아주고 싶지 않을까 한발 헛디디면 까마득한, 바다가 주검을 받아드는 그곳 물결들이 겹겹이 목화송이로 하얗게 피었다가 죽어간다

둥글어지는 사랑 속에서

굵은 나무둥치의 구멍 속에 보금자리를 정한 코뿔소새를 본다 그녀는 지푸라기와 진흙을 물어와 부리를 내밀 만한 구멍을 남기고는 출입구를 막아버린다 바깥으로부터 그녀는 그녀를 닫아버린다 나무들이 몰려와 구멍 안을 들여다본다 나도 들여다본다 그녀는 날갯죽지 안으로 따스함이란 따스함은 다 쓸어안는다 큰 어둠 덩어리에 스며 있는 희미한 따뜻함도 허투루 버리지 않는다 새어 나가지 않도록 웅크린다 수컷이 암호 같은 울음을 울면서 다가와 건네주는 날것의 따뜻함도 받아안는다 어느새 나는 새가 된다 나는 어미 새의 체온에 나를 더한다 나를 나누어 가질 몸을 위해 새는 체온을 먹는다고 믿는다 달이 차면 둥글어지는 사랑 속에서 터뜨려질 생. 그 꿈의 만개를 보기 위해 나는 어둠의 번데기 속에 나를 꽁꽁 묶고도 눈은 초롱초롱하다

거진의 바다를 서울에서 만나다

목동 럭키슈퍼로 흘러온 생태를 고를 때 거진의 바다가 나를 알아보고 생선전을 출렁인다 거진항에서 낚시로 잡은 상처가 없는 일등품 생태들은 작은 산을 이루고 있었다 아가미로 다른 세상을 벌름거린 죄. 그들은 한 마리 한 마리 욕망의 미끼를 물고 바다 밖으로 나왔다 바다창이 열리며 공중으로 들리던 순간 지느러미가 감지한 물살 밖 허공, 맞닥뜨린 깜깜 햇빛에 비늘 푸른 꿈은 호호백발이 되지 않았을까 바다가 아닌 곳은 어디라도 마찬가지 경매를 따라 이곳으로 흘러왔다

부신 형광등 아래 감을 수 없어 팅팅 부어버린 눈을 마주본다 갑자기 휴거하는 생선들. 나는 생선전을 엎고 싶다 안 보이는 바닷길로 뉘우친 꿈 앞세워서 그들을 줄줄이 거진 앞바다로 돌려보내고 싶다 다른 세상 넘보아온 나를 용서하듯

단명(短命), 짧고 가는

팔월, 초록등등한 감나무에서
홀로 단풍 진 감잎 한 잎 빙그르르 내려앉다
애벌레가 잠시 집으로 살다 철거해버린
거기 내갈기고 간 흠집 주변으로
잎은 점점이 붉다
상처를 거부하는, 상처를 감싸려는
두 마음이 몸싸움을 벌이며
초록 잎이 불을 삼키고서 가라앉힌 생각
주름지는 마음이 금빛으로 주저앉다
너무 일찍 고통의 비밀을 알아버린,
조로 증세를 아슴아슴 앓았을,
상처를 싸매던,
이기고서 순해진 마음이
내 손안에서 눈감는다

동거

푸른나무개미처럼 집을 지었지 너와 나
우리 몸에서 끈적한 실을 물레질해
진한 초록 이파리를 엮어
바람 막을 사방 벽을 세웠지
그래, 서늘한 머위잎 지붕을 얹었지
압핀 같은 장맛비가
나뭇잎 문이며 벽에 보이지 않는 구멍을 먼저 뚫었지
비 개면 구멍 속으로 별들이 소나기로 쏟아지겠지 말하며
온몸 젖어 축축해도 마음은 보송보송했지
우리 행복은 말아둔 줄자처럼 그 길이라고 맘대로 생각했지
벌써 눈치챘어야 했어
네 몸에서는 더이상 실이 자아지지 않는데
내 몸에서는 술술 실이 풀려나왔지 당연하게
사랑의 이름으로 실을 네게 보냈지
너를 중심으로 실은 둥글게 고치를 만들어가는 것을
나는 몰랐지
너는 그 안에 갇혀가는 것을
너 벗어나려는 버둥거림 내 심장을 쾅쾅 울리는데
우리 엮은 잎사귀 집 아직 푸르게 싱싱한데
너를 살리기 위해
나를 번제물로 던질 납작한 돌 제단을 찾아야 하는데
기다려, 기다려줘

미궁

푸른 녹을 헤치고 저 청동거울 문에 이르러 귀를 기울이면 잠든 어느 숨결에 잔잔하게 파문이 인다 들숨 날숨에 잔무늬들이 조금씩 움직인다 흐르는 달빛 물결을 철썩이며 떠난 말발굽 소리를 기다리다가 잠든 어느 여인의 오랜 잠이 비쳐진다 엎드려 베고 있는 둥근 소매에 소담스레 머리카락들이 흘러내려 있다 마음을 모아 문지르고 닦아야만 길이 보이는 거울 나는 눈앞에서 사라지려는 길을 붙잡는다 달빛을 가르는 말갈기가 꿈속처럼 얼핏 비칠 때 오매불망하는 생각을 끌던 비단포 자락이 사그락거린다 초원을 몰고 다닌 말 울음소리가 히잉 들리다 끊어진다 애물단지 마음일랑 건괵*과 함께 거울 밖에 벗어둔 걸까 스스로를 유폐시킨 그녀의 잠을 건너 오래전 그녀가 벗어놓은 마음이 흘러흘러 내 마음 못에 걸린다 그녀가 남긴 마지막 지문 위로 푸른 녹이 울창해졌다

구름 문양에 낀 저 비밀의 녹을 제하면 곱게 다듬은 눈썹이 길어진 고구려 여자가 깨어나 물을 것 같다

"누구세요?"

* 고구려 귀부인들이 쓰던 문자.

2부 달 아래의 삶

이동

평원을 달린다 나는
아직도
질주하고 있는 누떼의 한가운데서
선두, 혹은 후진으로 밀리지 않으려고 안간힘 쓰면서
한가운데라고 재난이 결코 피해가지 않는
그 한가운데를 지키면서
어느 순간 덮쳐 목을 물어뜯을지도 모르는
악어가 우글거리는 강을 건너
멀리서 너 역시 정신없이 뛰고 있는 모습을
생존이 그토록 몰아치는
외로운 모습을 훔쳐보면서

마음의 갈기를 날리면서
팽팽해지는 뒷다리의 근육을 느끼면서
목동에서 청량리로
청계천에서 종로로
안 보이는 초원을 찾아
아직도

달 아래의 삶

삶이란 게 무엇인지를 이토록 극명하게 보여주는 것은
없을 터이다. 내 너를 키르키무카(영광의 얼굴)라고
이름하리라
—조셉 캠벨, 『신화의 힘』에서

읽고 있던 『신화의 힘』에 엎드렸을 때 달이 기우는 만큼의 허기가 급습한다 그 자력에 끌려서 나는 내 다리 하나를 먹는다 누군가를 먹어야 하는 달 아래 세상에서 먹혀줄 것을 찾을 수 있겠는가 피가 흘렀는지 모른다 입가심을 했던가 포도 한 알의 맛이 아련할 때 홀로 서 있는 다리 하나가 시계추처럼 흔들리다가 사라지고 그 자리에 달의 비늘이 미끈둥 채워진다 팔 하나만 남아 허공을 젓는 것 같다가 입안 가득 피맛이 돌다가 여린 달빛 속에서 팔다리 없는 내가 굴러가는 길이 언뜻 스친다 커트한 머리카락이 사방 솟아 갈기가 되었을 때 수치감마저 놓아버린 자유로움이 짧게 왔다가는 사라지고 달이 달빛을 잃고 나는 얼굴로만 남아 어차피 삶에 뛰어들지 못하는, 이글거리는 눈으로, 불타는 눈으로 세상을 바라만 본다 동동, 둥둥, 물위에 엎어놓은 달이 되고 싶은 밤 아귀가 아귀를 잊은 편안한 밤인데 달이 자라기 시작한다 초승달 여린 몸이 차오른다 내 몸이었던 자리에 몸이 솟는다 새로 첫 아담으로 태어날, 옛 아담이 새 아담을 입고 몸부림이 아플, 끌고 가는 꿈이 무서워

사마귀

초록 잎사귀의 천국에서
짝짓기를 막 끝낸
수컷 사마귀가 아직 분홍 비몽사몽에 빠져 있는
그 찰나를 겨냥한다
암컷은 수컷의 머리를 어적 씹는다
머리에서 보낸 파동이 아직 수컷의 팔다리에 남아 떨 때
암컷은 희번덕 눈알을 굴리면서
조금 전 몸을 나눴던 사랑을 천천히 먹어치운다
머리가 남아서 생각을 끌어내기 전에
추억 속으로 몰고 가기 전에
팽팽한 신경전이라도 벌이기 전에
막다른 길에 선 수컷이
증오의 캄캄한 눈을 치뜨고 제 목을 꺾기 전에
그 눈 속으로 마음이 빠져들기 전에
암컷은 마음이 움직이는 게 두려운 거다
그래서 머리부터 먹어치우는 거다
생존이란 여지를 남기지 않는다
몸속에 그를 묻어
불룩해진 봉분을 안고 암컷은
풀잎 속 제 집으로 가야지 가야지 하면서
기억이 자꾸 살아나서
알을 스는 무거운 머리를
싸리 울타리에 기대고

실업뻐꾸기

지구숲, 서울나무 어미 뻐꾸기가 개개비 둥지 속에 몰래 들어와 급하게 나를 쿵 떨어뜨려놓고 갔다 나는 지금 혼돈의 알 속에 있다 오렌지빛 청청한 햇빛 아래서 빛보다 빠르게 불안은 자라 둥지에 창창 깊은 그늘을 드리운다 개개비 알들이 동글동글 오그리고 있다 알에서 알을 타고 전해지는 숨결, 따스한 체온이 훙건하다 생각은 곰곰 서울 우듬지를 날다 캄캄한 실뿌리 흙속을 헤맨다 몸속에 심긴 목소리를 따라가면 피맺히는 울음소리 들린다 '밀' 뻑 '어' 뻐 '내' 꾹 '둥' 뻐 '지' 꾹 '밖' 쿵 명치끝을 콕콕 쪼는 저 울음이 심상찮다 알 밖에선지 안에선지 점점 절절해지는 소리 무섭도록 아름다운 초록 숲에는 무섭도록 마음의 날 세워야 한다는 저 울음에 길들여지는 나 햇빛이 알 속으로 빨간 실핏줄을 들이민다 실핏줄이 등불처럼 밝히는 저 길을 조심조심 따라나서면 두려워라 울음소리와 만나는 그 길이 삶의 길이라면 나 아직 뱃심 못 길러 알 속에서 몸 웅크린다 알집 밖을 선뜻 나서지 못한다 귓가의 뻐꾹 울음 한발 앞서 나오라는 발 구르는 재촉, 귀 막고 싶어, 귀 막고 싶어

봄은 뻑뻐꾹 깊어만 간다

비단뱀

대낮의 꿈속에서 땅꾼이 한쪽 다리를 허벅지까지 흰 빛 헝겊으로 친친 동여매고서 내 몸 굴속으로 쑥 밀어넣었어 길이 육 미터나 되는 묵은 비단뱀을 잡기 위해서라고 했어 나무 뒤로 멀찍이 다른 땅꾼들의 짚신 신은 다리들이 어른거렸어 어룽어룽한 무늬의 뱀이 깊은 잠의 똬리를 슬금 풀고 스르르 다가와 긴 혓바닥으로 미끼를, 욕망을, 죽음을 날름거렸어 무엇이든 덥석 물면 뱉을 줄 모르는 슬픈 짐승이 내 안에서 길러지고 있었던 거야 땅꾼의 허벅지까지 삼킨 뱀이 내 안에서 질질 끌려나오는 것을 보고 말았어 비로소 말해지는 죄의 고백처럼 미끼를 물고 길게 길게 딸려 나오는 욕망의 몸뚱이를 보고 말았어 죄성의 비늘 위로 대낮의 햇빛이 눈부셨어 땅꾼들이 아가리를 찢어서 다리를 빼내기까지 먹이를 놓지 않았어 머리가 잘려서도 죽지 않고 오랫동안 꿈틀꿈틀거렸어 나는 식은땀을 흘리며 죽어지지 않는 나를 내려다보고 있었어

가랑잎나비

날개를 접으면
청남 바탕의 황금색 꿈은 사라진다
갈색 잎맥을 문신한 바깥쪽 졸음만 남아
그는 그대로 한 잎 가랑잎이 된다
느티 가랑잎들 사이를 파고든다
푸른 잎이었던 추억의 틈새를 비집는다
부스럭부스럭 다독이는 바람의 손을 빌려
나는 그를 건드려본다
접은 꿈을 활짝 펴고
춤사위를 벌일 것 같다
풀어내는 춤을 따라
푸른 환상의 잎들이 사각거리는
숲이 불려오고
세상을 잠근 채
너울너울 장자의 비유 속을 날던
어느 시간의 문이 열릴 것 같아
나는 자꾸 건드려본다
그는 꿈쩍 않고 날개를 여미고 있다
생을 다 살아버린
한 잎 가랑잎임을 고집하고 있다
보호색으로 위장한
얼굴 뒤의 완벽한 다른 얼굴
가랑잎으로 믿어달라고 간청하고 있다
어떤 연유로 사람들 마음속에 완전히 폐쇄해버린

출입 금지 팻말을 내건 길처럼

황태 덕장에서

임시 통나무 버팀대 연병장
수천 마리 황태가 열 마리, 스무 마리씩 엮여
꼬장꼬장해 있다
젓가락을 대면 그대로 허물어지던
여린 살이 질겨지는 칼바람, 몽둥이바람, 바람 세상 한 가운데다
존재의 중심을 받들던 강골의 뼈대는 말라버리고
연한 살이 오히려 장작개비로 뼈가 된다
갓 입대한 훈련병의 꽝꽝 언 차려 자세
눈 다발 거푸 씌우고 후려치면
너, 나 없이 살아내기 위해 억세지고 거세질밖에는
안을 보호하기 위해 껍질은 더 질겨질밖에는
먼바다 소식이듯 햇빛이 물살처럼 와 건드리면
품은 독한 마음 어느 틈에 살얼음으로 녹아가도
마저 녹을 새도 없이
진부령 해는 첩첩 산 서둘러 넘어가고
덜덜 떨며 오기가 더해지는 마음
서슬 푸른 독기까지 가지 못하고 누렇게 뜨고 만다
씹을수록 깊은 맛이 우러난다는 황태의 맛
알고 보면 독이 되지 못한 오기의 맛이다
오기가 오기 못 편 슬픔의 맛이다
쫄깃쫄깃 맛있는 사람을 만나면
얼렸다 녹였다 하는 사람살이 판을 잘도 넘나들며
견뎌온 사람인 것을 알겠다

대주둥치*

수족관바다는 내 아픔을 가려줄 만한 미역 한 오라기 없는 거라 입이 몸길이만큼 튀어나온 나는 입이 무거워 입은 아래쪽으로 꼬리는 위쪽으로 거꾸로 서서 사는 거라 잠도 거꾸로 서서 자고 먹이도 거꾸로 서서 먹는 거라 먹이사슬의 바다 세상 천적을 눈가림하는 데는 괜찮은 방식인 거라 다름이 존중되는 바다 세상에도 입이 단정한 구피떼가 물무늬를 빠르게 흩을 때 밍밍한 맹물에서 내 굴욕은 절여지지도 못하고 날탕으로 펄떡펄떡한 거라 입이 무거워 기댈 곳을 찾을 때 투명한 바깥 유리에 조가비처럼 다닥다닥 붙은 눈들을 만난 거라 깜박일 수도 없는 내 눈으로 그 눈들을 받아내는 거라 조개 하나하나씩을 들출 때 아, 호기심 어린 눈들 속에서 마음들이 덩치째 눕는 것이 보이는 거라 순간의 잠에 드는 것이 보이는 거라 내 수치심도 따라 순하게 잠드는 거라 수족관 밖 깜깜한 밤의 나라. 그 나라의 코미디를 위해 나는 즐겁게 기우뚱 기우뚱하는 거라

* 열대어의 일종.

건기

일 톤짜리 새끼 코끼리가
가뭄과 굶주림으로
무너지는 것을 보았다
어미의 몸집이 만드는 그늘에서
세상을 타박타박 걷고 있었는데
코로 아기를 안고 어미는 뛰었다
땅의 심정을 건드리는 울림에
푸른 종려나무를 두른 오아시스가
화면 가득 나타나줄 줄 알았는데
메마른 땅에
어미는 아기를 떨어뜨렸다
사막의 먼지구름이 아기를 받았다
단춧구멍 눈으로 쏟아내는
큰 몸의 슬픔은
세상을 단단히 잠가버린 나를
격렬하게 밀어뜨렸다

단단함과 부드러움을 동시에 만나

붉은바다참게
그는 죽어서도 위협적이다
맞물린 집게다리는
파도가 다 빠져나간
바다를 물고 놓지 않는다
밍밍한 허공을 공허로 펼치지 않는다
흘끔흘끔 세상을 경계하던 눈은
가지 못한 길을 하나 가득 담고 있다

개다리상에 앉아
게다리 먹는 법을 배운다
꿈을 버둥이던 뼈마디를 요령 있게 꺾으면
연하디연한 속살이 저항 없이 드러난다
여전히 위협적인 수북이 쌓인 껍데기들 사이로
두꺼운 방어벽을 빠져나오는
사람들 마음을 본다
바람 갈기에 그대로 휘날릴 것 같아 위태롭다
갑각류가 되어
세상 등껍질에 쓸리지 않으려는
연한 속마음이 뭉클 씹혀진다

존재의 집은 단단하다

주택가를 들어서면
옥상의 노란 물탱크들이
제 몸집보다 큰 집을 안고서
그 집을 펄럭이는 것 보인다
삐걱 뚜껑을 열면 만져질 아득한 찰랑거림
바늘구멍 하나만 있어도 흘러내리고 싶어 안달하는 위험한 유희
꾹 다물고 있다
몸이 그렇게 마음을 가두고 있다고 믿어왔다
그런데 아니다
자기를 버릴 수 없는 자기애가
네모난 통을 애달프게 붙들고 뚜껑을 굳게 닫는다
몸의 아우성을 잠재우는 마음이
지나가는 바람에 덜컹일까 온 귀를 닫는다, 아니
설레고 싶어 온몸이 귀가 된다
마음은 슬쩍 몸으로 자리바꿈하면서
그렇게 집의 깃발로 나부낀다
누군가 수도꼭지를 틀거나 조절장치를 건드리면
자기애로 뭉친 마음은
좁은 관을 지나면서
자기를 버리는 고통으로 뜨거운 눈물이 된다
어둠을 통과해서 세상에 나올 때는
더러움을 씻어주는 천사의 손이 되기도 한다
몸의 근육을 느슨하게 풀어주는

그 집의 영혼으로 바뀌기도 한다
냉엄하고 차가운 것들을 굽이굽이 녹이는 마음으로 숙성된다면
빈 가슴들 만나 절절한 이야기로 나 자신을 소용돌이칠 수만 있다면
물탱크 속의
눈부신 어둠도 묵묵히 견뎌볼 일이다
와글와글 들끓는 침묵도 잠잠히 대결해볼 일이다

아기 누에게

—재원에게

야성의 초원에 막 도착한 아기 누를 보았단다 저쪽 세상과의 연결 탯줄도 아직 끊지 못한 가느다란 회초리 아기 다리는 왜 그렇게 땅에서 멀어 보이는지 아기에게 엄마 누는 '서야 한다' 비틀거리며 간신히 선 새끼에게 '서자마자 달려야 한다'며 천천히 앞장서 달리더구나 먼 풀숲에는 하이에나 킁킁대는 그림자 설핏 비치더구나 어미는 갓난아기를 먼저 핥아주지를 않더구나 서고 뛰는 법을 익힌 아기에게 비로소 잠시 잠깐 멈추어 젖꼭지를 내밀더구나 아기는 힘들게 고개를 젖히고는 젖꼭지를 찾아 물더구나 초원에서 살려는 반짝임이 눈에 불을 켜가더구나 미안하다 나 역시 초원에 사는 한 마리 암누라 너는 언제나 갓 태어난 내 새끼여서 생존법을 가르치는 것이 너무 중요해서 오늘 네 등이 한없이 쓸쓸해 보이는 건 그 때문이라고

불을 대면 모두 불로 답하는 것은

성냥을 그어 낟가리에 불을 붙인다
낟가리 속에 잠든 불씨 불을 받아 활활 타오른다
언덕배기로 번져오른다
놀고 가는 바람을 붙잡느라 산발한 억새들이
가슴속 불 다 열어 보인다
바람은 더욱 풀무질을 한다
흙을 붙들고 있던 잡초의 질긴 꿈이
표표히 연기로 몸 바꾼다
한 번도 올라본 적 없는 지붕 위나 산허리를 돌면서
땅만을 고집했던 미련을 훌훌 날린다
불이었던 몸을 털어버린다
기억을 끄느라 탁탁 몸부림치는 꽃 진 자리도
제 몸이 질러대는 불꽃에 자지러진다
불을 만난 불꽃은 스스로의 황홀을 재로 남긴다
새로 태어나는 것들의 젖니 속에 누군가
이글거리는 불씨를 심어주는 이가 있는가
불을 대면 모두 불로 답하는 것은 그런 까닭인가
불이 지나간 자리, 검은 흙터를 밀고 올라오는
연두 떡잎 속에도 초록으로 지펴가는 불이 보인다

갯벌

자기를 견디기 위해
해안은 뻘이 된 거다
질긴 고무 표면을
팽팽하게 잡아당겼다가 퉁겨버리듯
달이 끌면, 둥그런 달이 부르면
하루 두 번 흔적 없이 몸 빠져나가는 바다
해안은
모래 알갱이 속에 바다를 가두고 싶어하는
스스로의 집착을 보아버린 걸까
알갱이 속의 지구만한 욕망에 놀란 걸까
미립자로 스스로 분해되어서도
아무 발목이라도 푹푹 붙잡는 건
그때의 허한 마음이 남아서일까
모래알만큼의 자기마저 놓아버렸을 때
가슴속에서 굼실굼실 간지럼 태우는 것은
앙다문 조개들이 앙다문 꽃들을 피우는 것은
땡볕 아래 뻘은
펑퍼짐한 둔부로 넓어져간다
기다림을 놓아버린 가슴
후련하겠지, 그런데 아니야
바다가 슬슬, 슬금 다가오고 있어
뻘은 그대로 몸을 떨며
끔벅 자신을 바닷속에 잠그고 마는걸
나이들어도 여자는 여자라는 말로

파도가 넘실거리는 것 좀 봐

풍란

더듬더듬 발끝을 더듬어 벼랑 가장자리에 간신히 내리네 내린 자리를 내려다보면 아득해라 내 삶의 뿌리가 다 드러나 마음은 내릴 곳이 없네 꿈을 꿀 움푹한 장소가 없네 가만히 꺼내어 보고 싶은 사랑 숨겨놓을 어둠조차 없네 타고 내릴 허상의 거미줄 하나 쳐 있지 않아 나는 엉금엉금 속살대고 건너가서 오, 살아내는 눈물겨움이 아름다움이 되었네

북

소가죽을 불에 대면 무늬가 나타난다 살아 있을 때의 삶의 무늬, 첫 코뚜레 뚫던 글썽인 눈에서 하늘이 핑글 돌던, 그렁그렁 아픔을 담아내던, 흠씬 매맞던 굴욕의 울음이 밴 무늬가 그려진다 그 울음을 무두질해서 소리의 색깔을 만든다 목소리 같은 사람 없듯이 같은 북소리도 없다 툭 건드리면 신명의 울음판, 제 울음을 버리고 다만 북 치는 자를 실을 뿐이라는 북은 팽팽하다 저를 비워낸 증거일까 허공을 쳐서 의미의 집을 만든다 북채로 소의 엉덩이를 힘껏 내리친다 둥둥둥…… 밭둑에서 쟁기질하던 소 한 마리가 나를 담기에도 벅찬 내 생을 싣고 멀리 멀리 떠난다

한 마리 소에 미치지 못하는 나를 오래 되새김질한다

매너티*

—재은에게

플로리다 해양 수족관의 매너티를 봐 몸체만한 불안을 껌벅이며 체중 오백 킬로그램의 몸을 배로 목적지를 향해 띄우는 것 같아 그가 살던 강물에 겨울이면 얼룩덜룩 무늬를 그리던 햇빛의 곱은 손을 붙잡고 여름 수초의 숲에 아름다움 울창하던 기억도 그의 배에 태우고 어디든지 함정이 있는 세상 끝까지 살아남아야 하는 조바심은 두고 가겠지 흐르는 조수에 따라 재빨리 대처해내지 못하는 두려움은 벗어놓고 가겠지 힘겹게 바다를 끌고 식구들을 옮기다가 이제 다른 별로 떠나기로 한 거야 그가 가고 있는 그 별에는 지구에서 사라진 동식물들 몇천 년 뿌리내리고 살고 있을 거야 그는 그 별의 출입구를 찾고 있는 거야 저기 반짝이는 저 별은 비상구가 열려 있다고 신호를 보내는 건지 몰라

* 바다소의 일종. 멸종되고 있다 함.

3부 멀리서 보면 보인다

편지

—복진에게

왜목마을은 서해에서 해돋이를 볼 수 있는 곳이야 마치 새벽 왜가리가 긴 부리로 금빛 해를 밀어올려 하늘 한 바퀴를 돌게 한 후 편 날개 끝으로 떨어지는 해를 받는 모습의 지형이지 어촌 집집이 방문 열면 앞마당에 항아리 모양의 바다가 쑥 들어와 찰랑거리지 항아리에 밀물을 따라왔다가 눌러앉은 물고기, 조개, 주꾸미가 제 집 등불은 끄고 이 동네 전깃불로 살림을 한다고 해 우물에 담근 수박처럼 항아리 속엔 섬 몇 개 떠 있어

풍경의 아름다움이 나를 밀어 미는 힘을 느껴 내 안의 깜깜한 바다가, 두려움을 철썩이던 바다가 밀려나 밀려나면서 내 속을 부옇게 비춰내어 어린 날에 묶여 있던 내가 보여 '부산진역 발차아아아아……' 역무원의 메아리 속으로 어린 내가 나를 끌고 가 사춘기 적 나도 어른인 나도 끌려가 왜목의 바다와 내 안의 바다가 몸 바꾸기를 해 내 안에 들어온 왜목의 바다가 나를 맑게 비춰내어 어린 내가 나를 놓아주네 나를 내게서 풀어주네 지는 해가 하늘 가득 능소화를 뿌리네 내 눈에도 발갛게 뿌려

내 눈 속으로 이사 온 딴 세상 하나 찰칵, 현상해서 네게 한 장 보낼게

연

늦가을
미루나무에 꼬리연이 덜컥 걸린다
바람이 불자 꼬리가 팔락팔락
내 마음의 비탈에 떠 있는 집이 기우뚱한다
덧문이 열린다
대못에 걸린 옷가지들이 이리저리 기울어진다
옷 밖으로 추억들이 알몸으로 미끄러진다
언덕 위에 홀로 서 있는 집 기댈 데가 없다
바람이 문고리를 당기고 안을 들여다본다
나무 아래 사람들이 바람을 펄럭이는 연을 올려다본다
누가 사나 그 집에는
엄마는 함지박 이고 역전으로 가시고
오빠는 창피하다고 어스름이 지붕을 덮어야만 들어오고
아직 가난이 부끄러움인 줄 모르는 계집애만 나와
오두마니 햇빛 쬔다
연살대 부러진다
집이 찢긴다
오빠는 큰집 양자로 서울 유학 떠나고
아버지 소식은 어쩌다 태평양을 떠내려오고
연줄 놓아버린 그 집
비탈에 떠서 덧문 덜컹거리고
엄마가 언제 오시려나 조바심하는
계집애가 나무에 걸려 있다

사진이 우긴다

누렇게 바랜 사진 한 장
광대뼈가 불거진, 멋쩍은 미소를 띠고
내 아버지라고 말한다
가만히 들여다본다
쌍꺼풀 눈매가 좀 닮긴 했지만
변명하는 듯한 눈을 나는 무덤덤하게 마주본다
부화된 다섯 새끼만 삐악대는 것 보셨지
한 마리 새끼는 부화도 안 된 채 버려두고 가신 아버지 새
먼 숲에서 물어오는 엄마 새의 먹이로는
여섯 새끼가 받아먹기에 턱없이 부족했다
나는 살아남기 위해 언니 새보다 더 악악대며
노랑 부리를 벌렸다
눈을 감아도 추억의 깃털 하나 만져지지 않는다
깜깜한 마음 자락만 안타깝게 펄럭일 뿐
생을 압축해서
그는 사진 한 장으로 남아
내 아버지라고 우긴다
그는 내 몸으로 숨쉬었고
내 사랑이 어머니를 사랑하던 그 사랑이라 한다
내 뿌리로 이어진 그의 뿌리 캘 때
나를 찬찬히 들여다보면 그를 만난다고 말한다
어디에도 없는 그를 찾는 숙제를 남기고 그는
내 안으로 숨어버렸다

삼우당(三友堂)

택시가 삼우당 앞에 나를 풀어놓자 바람은 혼자 삐거덕삐거덕 대문을 열었다 닫았다 하고 있었습니다 가랑잎들이 떼거리로 이 구석 저 구석 몰켜서서 울어도 오랜 세월 묵힌 적막은 깨어날 줄 모르고 있었습니다 그의 집의 일부, 내 생각 속에서만 살았던 그의 집이 경상남도 문화재 제155호의 명패를 달고 천천히 그 모습을 드러내었습니다 얼굴도 모르는 그, 나를 풀씨처럼 흘리고 간 그의 옛집에서 나는 무엇을 찾고 싶은 걸까요

혼자 싹을 내고 스스로 꽃을 피우는 들풀로 나는 자랐습니다 바람이 내칠 때 밤과 낮이 나를 보듬었습니다 내 가슴속 그의 자리는 심연입니다 그 심연 속에 손을 넣어 휘저어도 추억 갈피 하나 잡히는 게 없습니다 나는 어둠의 자리에 한지문을 만들어 달았습니다 무엇인가 소중한 것을 간직한 듯 문을 닫아두었습니다 가끔 문을 열고 심연을 바라보기도 했습니다

마루에 올라서니 윗대 어른이 쓴 현판이 삭아가는 집의 내력을 붙들고 있었습니다 써내린 글씨들을 의미는 모르지만 찬찬히 짚어갈 때 마음속 바랜 한지문이 떨렸습니다 밝음 속에서도 흑점을 싸고 있던 문이었습니다 그의 아버지의 함자가 나왔습니다 친척이 들려주던 오랜 일화 한 토막이 기록되어 있습니다 마음속 문이 부들부들 떨렸습니다 문이 폭삭 내려앉았습니다 나는 난간을

붙잡고 못 하나 허락지 않고 세월을 떠받쳐온 맞배지붕을 올려다보았습니다 내 진동을 내려다보던 햇살이 나를 데리고 그의 손때도 묻었을 대들보 기둥이며 누각을 가만가만 만지게 했습니다 나를 기다리며 흙벽은 무너지지도 못했다고 말했습니다 뿌리깊은 시간을 끌고 그는 내 아버지로 내 곁에 와 섰습니다 시간은 흐르지 않고 그곳에 고여 있었습니다

가을이 깊어가는 길가에는 눈 시린 홍시들이 지나간 내 아픔을 빨갛게 내다 걸고 있었습니다

서울사막

서울로 온 첫해 나는 거북이었습니다 덕수궁 담장 길을 책가방 대신 딱딱한 등껍질을 메고 느릿느릿 걸었습니다 하찮은 구경거리에도 목을 쭉 빼었고 가랑잎이 툭 나를 건드려도 목고개를 집어넣었습니다 가끔 광화문 네거리에서, 학교 운동장에서 눈에 선인장 가시를 세운 다른 거북을 만났습니다 놈은 어느 날 닭벼슬 같은 내 촌놈을 향해 무조건 부딪는 것이었습니다 나는 '살'과 '쌀'을 뒤섞은 새빨간 사투리로 치받았습니다 나는 땅을 버팅겼습니다 뒤집히면 스스로는 뒤집을 수 없는 붉은 해의 사막거북이었습니다 뒤집힌 내 뱃가죽에 좀체 사막에는 피지 않는 붉은 꽃들이 낭자했습니다 서울은 오랫동안 치욕이 썩지 않는 사막이었습니다 그후로 뒤집혀져 식은땀을 흘리는 사막거북의 꿈을 번번이 꾸었습니다

순환 열차에서

호박잎들이 온 지붕을 덮었었네
스스로의 꿈에 만취해 아버지가 떠난 후
우리집 넝쿨에 호박은 열리지 않고
가난만 넌출넌출 뻗어나갔었네
마당가의 허기진 나무 한 그루
이제 넓어진 품으로 자라 있을까
잎잎들이 그 품을 들락거리는 것 그리어볼 때
보이지 않는 손이
아무데나 뻗어서 마음을 얽고 있던
내 안의 줄기들을 걷어내네
만지면 먼지처럼 하얗게 부서지는 그 아래
늙은호박 한 덩이 실하네
햇빛을 받아 황금빛으로 환하네

건널목에서
주먹을 꽉 쥐고 달려온 길들이 스르르 주먹을 펴고
제 갈 길로 사방 가네

하나 더 유리컵을 깨뜨려

한 컵 가득 따라둔 꿈을
마시기도 전 깨뜨렸어
내가 네 속에 심고 싶었던
꿈의 조각난 단면이
우리의 웃음 한 가닥을
잘랐을 때

별안간 전기가 나간 천장은
방바닥까지 내려앉고
공유점이 없는 대화들을
벽 속에 묻어버렸어

한 지붕
하나로 묶는 불빛 아래
식어버린 생활을 데우는
라디에이터 곁
깊은 곳에 마음을 두는
가구들만 멀뚱해 있었어

우린
질긴 침묵의 가닥으로
외로움의 방울 무늬를
캄캄하게 엮어나갔어
방울 무늬 속에서

시간이 죽어나갔어

깨뜨려지는 것과
스스로 비우는 것과의 거리는 얼마나 멀까

상처가 환해지는
아침이 오기 전
지금, 하나 더 유리컵을 깨뜨려
침묵의 이 팽팽한 가닥을 잘라야겠어

멀리서 보면 보인다

집으로 가는 지름길
공원을 질러가고 있을 때
사진사가 '잔디 보호'의 팻말을 타넘고
결혼식 직후인 듯한
대낮의 입맞춤을 찰칵 한다
순간 속으로 감기어간 연인들
그 곁을 한 소년이 미래의 페달을 힘껏 밟으며 날아간다
날아가지 못하고
삶에 발목 잡힌 신랑이 헤벌쭉 웃는다

식어가는 가을 햇살 속
이십 년 전 뜨거웠던 신부는
사랑한 남자가 벗어 내놓은
절망을 내다 널면서
솔기 풀어지는 꿈을 보았고
그 자리마다 비애를 박음질해대었다
허무의 헌옷
낡은 호주머니를 뒤집을 때
오래 삭인 사랑을 만났다

낮게 앉은 빈 쓰레기통과
불 꺼진 대낮의 가로등이 교신하는 척, 교감하는 척
마주보고 있는 오솔길
신혼부부는 가물거리며 사라지고 있다

파리 공원이 이, 삼, 사, 오단지를 자석처럼 끌어당기고
강물인 듯 자동차의 물결이 둥글게 공원을 휘감으며
그 고요를 침범하는 것이
멀리서 보면 보인다
삶에서 얼마만큼 멀어지면
나를 지나가는 내 삶의 길이 환히 보일까
지름길을 선호한 나
겨울을 돌아가기 위해
밑둥치에 짚옷을 입는 나무를 지켜본다

목

목근육통이란 의사의 진단을 받고 돌아오면서
정신을 담고 있는 머리가 소중하고
생각을 이행하는 몸이 고맙다고 여겼지만
거기 한몸으로 잇는 목이 있음을 알지 못했다고 고백했다
벌써 서너 달 반란하는 목
거리의 유리창이 내 전신을 비춰주었다
머리는 몸을 두고
책을 사다리로 삼아 꽃나무에 닿고 싶다거나
그믐달배에 오르고 싶은 바람이 역력하고
몸은 땅에 엎질러지고 싶어하는, 세상살이 속으로 퍼질러지고 싶은
그 사이에 낀 목은
캄캄함 쪽으로 기우는 몸을 받들어 빛살 쪽으로 올리는
수고를 하고 있었다
밭고랑을 넘는 소의 고삐를 당기듯
목은 머리와 몸을 끌어당기고 있었다
힘을 주고 있었다
오랫동안 왜 목이 회복되지 않는지 그 순간 알았다
머리는 앞으로
엉덩이는 뒤로 뺀
목을 가까스로 돌리고 선 여자
거리의 거울에서 나의 내면은
전신으로 들키고 있었다

적막

촉수 낮은 불빛 아래
숟가락 하나
젓가락 하나
소리들만 딸그락 살고 있다

식탁 위로 바다가 흐르고

가슴속 식은 재를
물끄러미
부부는
안 보이는 바다를 건너오는
밤비 소리에
목에 걸린
적막을 삼키고 있다

어떤 무늬를 남겼을까

멜라네시아 여자의 사진을 본다
그녀는 가슴에서 복부로 긴 목걸이 상흔 문신을 하고 웃고 있다
나는 문신을 밟고 그녀에게로 들어간다

벌거벗은 복부에 대는 첫 칼집에
나는 흠칫한다
진홍빛 피 한 방울 동그랗게 뭉쳐오른다
정교한 살 베이기
오래 기억시키는 의도적인 흠집
아름다운 상처 내기
무늬는 칼의 자국으로 만들어진다
아픔이 구슬처럼 꿰어진다
몸의 세상에서 고통을 꿰는 것이 삶이라고
내 입에 나무막대기가 물려진다
핏발 선 눈동자에
야자수들이 빠른 속도로 키를 키워 올라간다
생각들이 따라 뻗어간다
너의 가슴에
깊숙이 긋고 만 상처는
어떤 무늬를 새겼을까
넓고도 좁은, 깊고도 얕은, 무겁고도 가벼운
알 수 없는 마음속에 들어앉아
따끔따끔한 통증이 아물기를 기다린다

상흔이 아름다운 생의 무늬를 만든
그녀의 몸을 열고 나는 나온다

동회에서

빈 의자에 찾아온 늙은 햇살은
아직 돌아오지 않은 주인을 기다리며 졸고 있다
나는 자판기의 커피를 뽑으며
피하지 못한 점심시간을 책한다
위층에서 전기톱 소리가 위이잉 난다
짐을 지고 삐걱이는 오늘을 오르는 인부들이 스친다
비로소 동회가 증축중임을 깨닫는다
사람도 살다가 증축할 수는 없을까
길의 전환은 증축일까 개축일까
왜소한 사내가 절뚝거리며 문을 밀고 들어선다
가을 햇볕 속에 노출된 전화박스가 따라오다 만다
그 사내는 기웃거리며, 절뚝거리며
서류 용지를 쓰곤 구기고 구기곤 쓰다가
오늘은 며칠이냐고 묻는다 캄캄한 눈을 보며
어느 어머니의 눈물을 많이 흘리게 한 아들일지도,
허물고 재개발하고 싶은 삶일지도 모른다고 생각한다
비늘이 숭숭 빠진 잉어들이 물 밖의 가을을 뻐끔거리다가
그 남자와 나를 뻐끔거리다가
물 안이나 물 밖 흐린 세상은 일반이라고 뻐끔거린다
길 건너편 월촌중학교 운동장에서
아이들 떠드는 소리가 유리창 밖
금지된 희망으로 펄럭이다가
문 여닫는 틈새를 비집고 들어온다

"정 영 선 씨, 인감도장 주세요."

등걸

어머니의 손을 만진다. 마른 등걸이다. 등걸 어디메쯤 연두 잎 첫 싹을 틔웠을 때의 설렘이 쭈글쭈글한 주름으로 접혀 있을까? 저고리 안에서 붉게 피었다 져버린 꽃잎들은 또 어디에. 마른 등걸 속에 난 손금 같은 길을 어머니는 더듬으신다. 그 길에 총총 박힌 별, 달이 환히 따라와도 기억이 다 지워진 길은 깜깜하다. 문득 한 토막의 길이 길 밖으로 나와 중얼거림을 풀어놓는다. 메마른 등걸이 등걸을 마주 포개 잡는다.

곧은 경계선을 아무나 만들 수는 없다

먹통의 작은 실꾸리에서 감겨진 시간을 풀어낸다
달달 떨면서 풀려나오는 생의 실마리를
베니어판 한쪽 끝에 고정시킨다
옅은 혹은 진한 꿈으로 무늬진 시간도
먹물통을 통과하면
까맣게 물먹은 추억으로 나온다
시간의 신경줄 하나 거머쥐고 부르르 떤다
체념의 발자국이 야윈 점으로
점점이 선을 이루어낸다(그것도 생이라고)
잠깐 한눈을 팔았던 방종의 시간은 색깔이 없다
고른 보폭처럼 같은 속도를 유지하며
손잡이를 돌려나갈 때
마침내 베니어판 위에 곧고 가느다란
사랑 혹은 고뇌보다 우선하는
이치의 선 하나가
천장에서 마룻바닥에 이르는
벽의 칸막이로 쓰일 면적을 나눈다
안과 밖을 만들어내고 있다
누군 안에 세우고
누구는 밖에 세우는
사는 건 선을 긋는 게 아니라고
내 안의 먹물통이 엎질러진다

산천어

달빛이 무서워
달빛이 쏟아내는 푸른 정기가 무서워
내 몸속 웅덩이에 납작 엎드린 연어가 용틀임한다
잠자던 야성이 부르르 몸을 떨고
먼 곳에서 부르는 바다에 답신한다
꼬리지느러미의 방향을 확실하게 틀고
은빛 물살의 기억을 따라 연어떼의 바다로 나선다
빠른 속도로
마음에 갇힌 몸을 데리고, 아님
몸속에 갇힌 마음을 데리고
굽이굽이 북태평양을 향해
아래로 아래로 헤엄쳐간다
마음에 갇힌 몸을 뚫을 수 없어
몸에 갇힌 마음을 뚫을 수 없어
숨이 가빠지는 연어
충만을 헤엄쳐보지 못한 나의 연어는
고통의 등식 같은 붉은 반점이 등에 새겨진다
가고 싶은 검푸른 바닷빛을
가슴지느러미에 눈물처럼 띄워간다
달빛이 휘젓고 간 웅덩이에
들려오는 파도 소리를 틀어막으며
몸집이 연어보다 작은 연어과의 새로운 어종으로
태어난 산천어가 죽은 듯이 누워 있다

만년설

해발 삼천 미터 이상의 빙산을 그는 품고 산다 그곳에는 눈발이 흩뿌려도 눈물로 녹지 않는다 눈은 겹겹이 포개져서 외로움의 두께가 된다 두께 위에 두께를 더하면서 그는 냉소한다 그의 마음속에 풀 한 포기, 꽃 한 송이를 피워보려는 나의 열망마저 얼린다 나의 몸부림마다에 피는 열꽃. 빙산은 그래서 틈이 생긴다 빙하는 그 안에서 머물고 있는 듯이 보이면서 그렇게 흘러내린다

캐나다 로키산맥에서 나는 빙하를 만난다 북반구의 차가운 하늘을 붙잡고 안간힘 쓰는 산을 천천히, 아주 천천히 수천 년의 시간을 모두어 몰아온 빙하를. 빙하는 산을 단단히 거머쥐었던 마디의 손을 모두 풀어버리고 물이 되어 비췻빛 호수로 누워 있다 호수 속에 한 점 흔들림 없이 산은 오롯이 들어가 앉았다 멱살을 잡고 물고 뜯었던 생채기들이 산자락에 모레인으로 흩어져 있는 것을 바라보면서. 시간이 그곳에다 영원을 풀어놓은 것 같다 싸움을 끝낸 후, 서로를 적시고 있는 휴식이 저토록 아름다운 풍경을 거느린다면 나는 더욱 격렬히 그와 부딪쳐도 좋겠다

만년쯤 서 있는 바위

주전골에서
냇물의 한가운데 만년쯤은
버티고 섰을 것 같은 과묵한 바위를 보았지
소곤소곤 달래며, 때로 윽박지르는데도
귀를 닫고 사는 바위는 너였지
세속의 한가운데로 끌어내리려는 속살거림을
방어하느라
온몸에 검은 이끼 독하게 깔았지
외로움은 시려서 아린 계곡물만큼일까
네 안으로 흘러가기를 포기한 내가
혼자 노래를 배워갈 때
너, 단단한 바위의 몸은 저절로 열릴 때를 대기하고 있는지 몰라
달빛에 흠씬 젖을 때
아무도 몰래 둥글한 달 하나 담아둔지 몰라
혼자 굴리며 어르고 있는지 몰라
칼끝 햇빛에 길을 내주며
너도 몰래 온몸에 무수한 잔금 긋고 있는지 몰라
말하지 못하는 가슴 쩍쩍 벌어지고 있는지 몰라
어느 날은 무덤 같은 침묵을 쪼개고
돌가슴에 가두었던 바람을 모두 토할지도 몰라
여자의 수다 같은 모래알들로
한순간 흩어질지도 몰라
너, 과묵한 바위여서

속 깊은 곳에 아픔으로
장엄한 노래 키우고 있는 것을 알 것도 같다

4부 창문은 은행을 품고 거리를 열고 있다

그 숲에서 나를 잃었다

1

다섯 장의 노란 양지꽃 꽃잎을 펼쳐놓고, 그 속으로 눈 감고 쏘옥 들어가보는, 나무줄기를 감고 오르다 연두 잎사귀를 타고 앉아 팽글팽글 잎사귀를 뒤집어보는

햇빛, 봄 햇빛, 봄 햇살을 따라가다

나는 나를 잃었다 잃어서 즐거웠다

2

졸졸 얕은 물을 타고 조약돌을 건너온 햇빛이 떠밀려 깊은 소(沼)로 떼구르르, 휘어지고 꺾어지며 시퍼렇게 깊은 속을 보여줄 때 심상찮은 예감. 서넛씩 짝지어 소리 내지 않고 먼길 떠나는 물길 바래다가 따라가다가

나는 나를 잃었다 잃고서 아득했다

3

봄마다 치른 산고의 푸른 고통을 잠재운 고사목에 걸터앉은 햇빛, 오래도록 제 리듬으로 가고 있는 슬프지도 행복하지도 않은 고사목의 나이테 동그라미를 헤아리는 햇빛을 좇다가

나는 낯선 나를 만난다 고사목이 놓아버린 꿈처럼 나에게서 빠져나간 나를 너는 누구냐고 가만히 물어본다

모래섬

강물 위에 민둥산을 하나 엮어내었어
모래 채취선을 기다리는 동안
물머리가 와 부딪쳐 우린 비명을 지르며
흐름의 방향을 틀어주었지
그때 강이 우리를 두 입쯤 베어 먹었어
도시의 기억 하나씩 끌어안은 우리는
기억의 무게로 가라앉았어
도시의 모습이 찍힌 머리는
물무늬로 지우려 해도 지워지지 않아
물위로 오르기 전의 잠으로 돌아갈 수 없어
잠 오지 않는 물의 나라
하늘바다 푸름을 한 점 물었으나
언제나 허공을 문 새떼가 몰려 내린 자국이 아파
자취를 남길 수 없는 삶은 허당이었다고
종종종 발자국을 찍던 기억
그들이 찾는 육지 아닌 모래판 위의
오 종종, 박 종종, 김 종종…… 살아나고 있어
그들 이름을 찾는 날갯짓이 들리고 있어

꿈으로 띄우는

심산에서
번개의 살을 맞고 삶을 닫아버린 나무를 본다
아래에서 위로 길게 야물었던 꿈이 내비친 속살을
바람이 흘끔흘끔 곁눈질하고 있다
거기 그물 치고 살아온 시간은
뚱뚱한 둘레를 거두고 있다
찢긴 나이테에서 잠자던 계절을 일으켜
지나간 시간 속으로 편입시키고 있다
단단해진 나무의 살을 휘젓고
햇빛 입자들을 끌어올려 빛 삼태기에 담아 보내고 있다
동이로 가득 부어진 물을 하늘 들통에 실어올리고 있다
나는 더듬어본다
물을 져 올리면 꿈을 담아 내리던 물관부의 길을
어디쯤에 있을 그 길은 허무 쪽으로 방향을 틀었을까
흰개미들이 남부여대하고 길마저 먹어버리며
밀물져 들어오지 않을까
아니다, 대책 없이 누워버린
나무의 가지 끝에 아직 푸르게 살아 있는 잎들이
뿌리가 머금고 있는 꿈을 펌프질하고 있다
나무는 또 한번 나무가 되도록
하늘 우물
별을 향해 몸을 줄였다 쭉 펴도록
잎이 휘젓는 바람의 둘레로
시간을 불러모으고 있다

소나기를 기다리며

너를 기다리는
내 방에
모래바람이 분다
마음속 모래언덕
이동하는 바람결 무늬가 어지럽다

(사막에도
무섭도록 푸른 하늘에 가끔 그리움의 소나기를 몰고
오는
구름이 당도하기도 한다는데
한 주일 전에는 볼 수 없던
빨갛고 노란 광기의 꽃밭을 신기루처럼
잠깐 볼 수 있다는데)

모래언덕을 휘저어본다
단단한 껍질을 쓴 씨앗들이 손에 잡힌다
언젠가는 가슴을 후드득 치는 소나기를 만나 한꺼번에
무더기로 피워올릴 착한 꽃밭을 꿈꾸면서
미친 듯이 꽃들을 펑펑 터뜨리는 꿈을 꾸면서
굵은 눈물방울 골을 타고 내릴 듯한 너를 찾는다
손 내미는 나에게

너는 고운 모래사막 하나로 서 있는 폐허일 뿐
그때, 불길한 예감

내 씨앗들은 꽃피울 수 없을 만큼
말라버릴지도 모른다는, 영영
불임이 되어버릴지도 모른다는

꿈의 모서리가 뭉툭해지는 날은 올까

강진 옛 가마터를 빠져나온 도자기 파편 하나
깨어졌음에도 아직 이름을 달고 있다
'청자상감운학무늬병편'
흙속에 파묻힐 때 이름도 묻혀
넓은 그늘의 나뭇잎을 틔울 생각에 겨웠을 그
다시 햇빛 속으로 끌려나와
조각난 구름을 타고 날개가 잘린 새가 절름거리는
부서진 몸에 담은 완전에의 꿈
처음 도공은 꿈을 살았으나
나중 꿈이 도공을 살았으리
어떤 천형을 받은 것들은 제 꿈 아니면
남의 것을 덤벙 덮어쓰고 평생 앓는 것을 알겠다
절름거리는 저 새가 실어나르는
꿈꾸는 자는 죽어도 대대로 살아남는 꿈
올라타고 갈 자를 찾고 있다
고삐를 조일 자를 찾고 있다
꿈에 시달려본 자만이 아는 통증으로
파편의 모서리가 내 가슴을 찌른다
찔리면서도 한 발짝을 꿈 밖으로 나갈 수 없는
내 꿈의 오리무중을
유리 진열장 속에서 울음을 반짝이는 저 파편이 꿰뚫는다

서 있는 것들이 모두 꿈의 무게로 휘청거린다

화살

불을 쪼이면 살대의 빛깔은 푸른색에서 누르스름한 색으로 변한다는구나 그때 대나무숲을 우수수 흔들며 대나무 속에 집을 짓고 있던 푸른 바람도 빠져나간대 다른 무엇으로 태어나기 위해 텅텅 자기를 비워버리는 거래 마디들은 깎이고 사포로 쓸린대 조금치도 제 고집이 남아있어서는 안 된대 대나무로 살아온 기억조차 말끔히 치워진다니 가지런해진 화살의 끝단에 꿩의 깃을 단대 날아가는 방향을 조정해줄 뿐 아니라 날아가던 깃털의 꿈을 거기 새기는 거래 그러나 아직 한 자루의 화살로서 완성된 건 아니래 화살을 빙빙 돌려보래 금이 갔거나 쪽 곧지 못한 건 소리로도 금방 알 수 있대 그 화살은 꺾어버린대 무서운 일이지 스스로 결함을 가진 것은 과녁을 향해 날아가는 일에만 골몰할 수 없기 때문이라고

근데 두 동강이 났어도 우린 스스로 날아보려고 버둥대고 있지 않니?

창문은 은행을 품고 거리를 열고 있다

슈퍼 옆 은행이 지점으로 승격된 날
한쪽 벽이 허물리고
전면이 통유리창으로 바뀌었다
안팎이 환하게 읽혀져서
안에서 읽으면
창문은 은행을 품고 거리를 열고 있다
밖에서 읽으면
거리를 품고 은행을 열고 있다
하늘은 후박나무까지 데리고 은행 깊숙이 들어와
푸줏간 아저씨와 떡집 아줌마의 함지박 웃음에 핀
명절 신바람을 세고 있다

그만 나도 내 안의 벽을 허물고 싶다
안전제일을 신조로
넘볼 수도, 넘보이지도 않게 나는
벽돌 하나씩을 올려놓으면서 살아왔는데
마음 중심에 벽 하나 튼튼히 쌓아졌는데
앞이 보이지 않게 벽이 높아졌는데
외로운 나비 한 마리 거느리고
풍경이 몸 비비며 쑥 들어올 수 있도록

벽돌이 탄탄하게 구축한 벽의 자리에
그 자리에
커다랗게 구멍부터 뚫는 난공사를 해낼 수 있을까

피 한 방울, 살 한 점 저밈 없이
오늘도 나는 전전긍긍하며
공연히 은행에 들러
밖에서 안을
안에서 밖을 바라본다

금빛집

연못을 그리고
그 물가에 집을 한 채 그린다

떠받치고 선 그 집의 팔뚝이 안쓰러워
연못에 비친 그림자는
물주름으로 살짝 찌그러뜨린다

아무도 들이지 않는 입구를 그리고
깊숙한 안채에 있는
어둠이 기웃하게 한다

그 집 쪽으로 한 뼘씩 휘어지고 있는
소나무를 그린다
그래도 그 집에는 닿지 못하는

마을로 나가는 오솔길을 그리다 말고
(이 집에 사는 이는 누구로 할까 생각한다
순하게 물로 흘러가지 못한 생각들이 머무는 집)

나는 그 집에 금칠을 한다
지붕만을 그대로 기와로 남겨두고
처마를, 벽을, 창을 온통 황금칠한다

황혼녘이면 활활 더 빛나는

누구나 그런 집을 한 채 하나 마음속에
품고 산다

맥가이버칼

마음을 척척 재단해주는 만능의 칼 하나 그대에게 선물하고 싶다. 호주머니 밑바닥에 조금 묵직하게 자리잡아 언제 어디서나 그대 날아가려는 마음을 가볍게 눌러주며 그대 잘 꾸는 풋사과 같은 헛꿈일랑 어디서나 줄칼로 딱 쪼개어보라고. 사과 살 속 같은 어둠 속에서 혼자 키우는 예감일랑 햇빛 속에 화들짝 드러내어 그 사과씨처럼 얼마나 설익었는가를 그대 두 눈으로 똑똑히 보라고. 그래서 줄회칼로 빛나가는 예감의 살 속을 도려내라고. 수액 없이도 한없이 자라서 온 머리에 뿌리를 내리는 헛꿈은 헛발을 디디게 하는 법. 가끔 헛발질에 넘어져 뚜껑 닫고 들어앉은 마음일랑 흔들어 흔들어 열 수 있는 따개까지 부착된, 봄바람 따라 풀린 마음도 나사로 꽉꽉 조여주는 언제 어디서나 만능인 공구 하나 그대에게 선물하고 싶다.

외포리에서

1

외포리에 와서 바다는 그 길을 지워버린다 마침표로 남은 뻘밭에는 나의 수치의 기억 같은 게구멍이 숱하다 산맥으로 가고 싶은 산을 어르고 있는 속이 깊은 바다도 얕은 물살을 거느리고 산다 장난처럼, 횡포처럼 게구멍을 깔깔거리며 건드리고 건드린다 언덕에는 들풀들이 빽빽이 모여 바람을 가두고 싶어한다 풀들이 바람의 길을 막느라 이리저리 흔들린다 햇빛이 가닥가닥 풀어놓는 적막을 따라 게들이 줄줄이 쏟아져나와 같은 기울기로 기울어질 좌표가 없어 뿔뿔이 흩어져간다 끝내 세상을 산책만 한다 전진도 후진도 옆걸음. 길이 끊어진 곳에서의 삶이란 이런 걸까 길을 버린 배 한 척이 와글와글 땡볕만 태운 채 기우뚱해 있다

2

바닷바람에도 씀바귀들이 노란 꽃을 피우고 있다 놋쇠 같은 검은 남자가 깊은 눈을 끔벅이며 그물을 깁는다 촘촘한 그물로도 건져올릴 수 없었던 어느 인연을 그는 생각하는 걸까 햇살들이 저물녘의 모기떼처럼 목덜미에 달겨들어도 그는 묵묵하다 한 땀씩 엮이어드는 그의 침묵의 무게만한 납덩이들. 생의 바다에서 그가 잡은 물고기를 그의 외곬이 먹고 시름이 먹고 마지막 뼈만 남은 진실이 그의 몫이어도 그는 그물을 내리겠지

행복물고기

TV 속에서 쥐가오리가 바닷속을 날아다닌다 지느러미를 너울거리면서 나는 가오리와 몸 바꿔치기를 한다 조여오는 지붕에서 벗어나 개헤엄을 친다 머릿속이 발가벗는다 읽지 않으면서 꽂아놓은 책들 내다버리는 후련함이다 생각이 자유롭게 흘러 생각의 몸을 얻는다 1자로만 꼿꼿이 살아온 생각이 물살이 되어 물풀을 휘감는다 '올바르게' 속에 묶여 있던 생각이 치어떼를 흩는다 왜, 어떻게 살아야 하는가를 깡그리 잊었을 때 딩동딩동 바다 벨이 울린다 식구들이 돌아오듯 나를 떠나 스스로의 몸을 가졌던 생각들이 내 안으로 서둘러 돌아온다 파도가 천장을 철썩 치더니 TV 속으로 사라진다 나는 생각을 보따리로 싸안으며 먼저 돌아와 대문을 여는 나에게로 헐레벌떡 돌아온다

봄

잎사귀가 돋는다 반짝 푸른 아우성이 마른 뼈를 타고 미끄러진다 먹먹한 세상의 고막을 가볍게 치고 간다 생각을 묵힌 항아리가 쩡 울린다 깨진 항아리의 사이로 지상 통제실이 보인다 지시를 따르지 않으면 영원히 미아가 될 수 있다고 신호가 오다가 혼선이 된다

봄은 혼선이다

저녁 산책

여름내 그늘을 키우는 나무들
비스듬히 몸을 눕히는
어스름 속, 생의 중간 지점
남아 있는 햇빛을 나는 산술하다가
침몰하는 시간을 건져올린다
따로따로 서 있는 나무의 외로움을
타고 내리는 일몰
잠시 추억이 무너져내리면
불쑥 어둠이 내 팔짱을 낀다
어둠에 기대어 오래오래 걷고 싶을 때
발은 제 오랜 습관대로 물러선다

저 멀리 반짝이는 불빛
갈증으로 출렁이는 유리창이 되어
네 가슴 문전에서 나는
끊임없이 흔들려도
처음부터 마지막까지 붙들고 있는 것
사랑이라 다그치며
모든 길 중 네게로 가는 길로 돌아선다
가슴 언덕 위에
캄캄한 발자국 남길 때
일제히 잎새들을 흔드는 바람, 바람
소요 뒤에
문득 만나는 달빛

귀부(龜趺)

넘실넘실 넘치는 달빛을 타고
석공의 기도 속으로 들어간 그때를 기억한다
달이 점점 이우는 것도
다시 차오르는 것도 기도 속에서 까마득히 잊었다
파도의 푸른 자락처럼 감겨드는 돌을 다듬는 망치 소리
가끔 누군가가 지르는 비명 소리를 들었다
몇천만 번의 만조가 나를 데리러 왔다가 물러간 줄도 몰랐다
달빛 쏟아지는 그 밤이라고 눈떴을 때
연화대좌 구름무늬 위에서 신도비를 지고 있는 나를 보았다
대숲에서 바다는 울어대었다
갈라파고스 군도 산호숲에서
낮잠을 즐기는 초록바다거북 한 마리가
그렁그렁 수위를 넘는 눈물 속에서
속눈썹까지 차올랐다가 사라진다
구례군 산동면 이평리 윤공의 신도비에
혼을 넣던 석공은 간데없고
비록 돌이어도
가야 하는 그 바다를 나는 헤엄치고 있다

푸르른 자궁이라고

한 바가지 쌀 속에 뉘가 드문 섞여 있다
황혼의 들판에서 참새들의 추억으로도 까먹히지 않고
고랑 사이사이 연민으로도 흘려지지 않고
정미소, 돌 고르는 기계까지 무사통과해서
플라스틱 바가지에 이른 뉘
계절이 바뀌었는데
뉘는 몸에 배인
까슬한 가을을 고집하고 있다
단단한 손아귀로 희망을 붙잡고 있다
손을 펼치면 내일은 빠져나간다고 믿고 있다
백색의 쌀알들 중에서
생산할 수 있는 푸르른 자궁이라고
스스로를 황금들판이라고 확신하고 있다
세상과 나 사이에
저런 누릿한 오해 한 됫박 어질러져 있다
서로에게 다가가기는 서먹한
들의 배랭이풀 같은 뉘는
세상을 주제 파악 못하는
나를 보여주기 위해 여기까지 온 것일까
손바닥을 마음속 깊이 넣어 뒤집고는
숨어 있는 뉘를 골라낸다

두륜산에서

새벽녘 산을 오를 때 시간의 촘촘한 그물 속에서 나도, 나무들도 팔다리를 쭉쭉 뻗지 못한 채 굽은 등을 하고 있었지요 그때 산봉우리에서부터 산 아래로 점령군처럼 밀고 내려오는 햇빛군단을 보았지요 그들은 시간의 그물을 둘둘 말아나갔어요 선명하게 구획을 그어갈 때 그늘들은 순순히 뉘엿뉘엿한 무늬들을 내어주고 풀려났지요 순식간에 드러나는 산의 내면, 골 깊은 시름마저 깨어났지요 옹이 지고 휘어진 무늬들 낭자했지요 냇물을 깨워 어둠의 찌끼를 씻는 소리, 바람을 불러 묻어 있는 밤을 터는 소리가 퍼져나갔어요 저들이 씻고 있는 저 밤은 밤새 떨었던 불안일까요 아님 굽이치는 밤에 기대었던 부끄러운 흔적일까요 그때 내 생각 속의 그물을 걷어내면서 몸이 길이 되라는 소리 환했지요 그들이 걷어가는 영원의 그물 속으로 나의 아침은 편입되어갔지요 내가 마신 알싸한 골짜기 물맛 같은 그리움도 짜깁기되었을지 몰라요

산벚꽃 사랑

도무지 속을 보여주지 않는 너를 알기 위해 네가 앉아 있는 공원 벤치에 나는 공기집을 짓는다 물거미가 짓는 공기방울의 집처럼 못 하나 치지 않아도 커지는 집 문 하나 없어도 쓰윽 투명한 벽을 통과해서 남김없이 옷을 벗는다 너 있는 쪽으로 산벚꽃 웃음을 보낸다 풀풀 웃음이 겹겹이 새어나온다 네 얼굴에 실 같은 미소 하나 새기기 위해 나는 날리는 꽃잎이 된다 네 쪽으로 네 쪽으로 날린다 마지막 연분홍 한 잎은 네 어깻죽지에 오래 앉았다가 쓸쓸해져 검은 구름을 머금다가 드디어 어엉 소나기로 쏟아진다 돌멩이 얼굴을 적시다가 네 눈썹 끝의 눈물방울로 맺힌 하루

눈물방울 속에 반짝 탱탱한 길 하나 보인다